기대 없는 토요일

민음의 시 327

기대 없는 토요일

윤지양 시집

민음사

자서(自序)

기대가 맴돈다.
파리처럼 날았다가 내려앉는다.
명중하지 못해 살아 있다.

2024년 12월
윤지양

차례

살기

뼈로 남은 사람
일기장을 마주한 채 앉아 있다

태양이 뜨고
구름 한 짐 없는 유리

좀 먹은 냄새가 늑골 사이에 끼어 있지만
영혼이 잡아당기다
놓쳤다

기억에서 사라진
사람은 정글짐

유리는 그 안에서 논다

드보르자크 고향곡 7번

신의 시간 안에 들어왔다. 돌아오는 버스 안에서 너바나 음악이 흐른다. 인간의 시간은 바퀴와 함께 굴러간다. 신의 시간은 차창 밖에 있다.

호흡이 길다. 막 지나온 공연을 떠올렸다. 오케스트라 단원들을 향해 조명이 비춰지는 시간. 콧수염을 기른 사람이 현을 조율하고 첼리스트 두 명이 만담을 나누었다. 이전에도 신을 생각한 적은 있지만

무엇으로 태어나는 것일까?

플루트가 금빛으로 빛났다.

지휘자는 폴짝 폴짝 뛰기도 했다.

사람들이 중간에 기침을 했다.

처음에는 한 사람이, 그리고 다른 한 사람이 기침을 했다. 어떤 사람은 발작처럼 튀어나왔다. 기침 소리에 뒤를 돌아보았다. 그가 손수건에 얼굴을 파묻는 것을 보았던가. 또 다른 사람이 뒤돌아 쳐다보았다. 곡은 아랑곳하지 않고 이어졌다.

2악장이 끝나고 사람들이 기침을 하기 시작했다. 기침 그리고 또 다른 기침이 여기저기서 튀어나왔다. 3악장이 끝났을 땐 열 명도 넘는 사람들이 기침을 해댔다. 기침은

참을 수 있는 것이 분명하다. 참을 수 없는 것은
　기침 그리고 기침 기침 그리고 기침과 기침의 기침. 견
딜 수 없다는 듯 마지막 악장이 끝났다. 마지막 기침은 박
수갈채에 묻혔던가. 들리지 않았다.

피아노 교습소

발밑의 사과
굴러갔니

잘 묻은 씨가 썩어 가고 있다

너는 3층 창문에서 바라보고 있다
숲으로 가는

공원에선 유모차가 덜컹거렸다
할머니는 아이 대신 신문지를 살피며 갔다

자라나길 기다리니
붉은 열매가

너는 따분하다는 듯이
시선을 거두었다

아이는 자라서 작은 글자를 읽을 것이다
과일과 함께 저녁을 먹고

동그란 경적 소리와
마주치는 바람

아직도 굴러가고 있니

내가 본 나무는 나뭇잎이 많았어. 실내에 있는 측백나무 편백나무 표백나무. 나는 네 이름도 몰라. 너는 내 진짜 이름을 아니?

아무도 붙잡지 않는데 이어지고 싶어. 굳이 접속어를 쓰고 싶지 않아. 그러나 교묘하게 치밀하게 나

는 너랑 연결되고 싶어.

그리고 접속사는 접속사를 몰라.

알고 싶어. 하늘이 몇 개인지 땅이 몇 그루인지 바다가 몇 포기인지 재고 싶어. 너는 나를 측정할 수 있겠니.

경계를 측정할 수 있겠니. 알아줄 수 있겠니. (사랑해 줄 수 있겠니.)

나는 사실 푸른 너를 많이 좋아했지만 날 보고 파랗게 질려서 도망갔어. 달아난 게 아니라

달아나 버렸어. 그 후로 푸른 별을 볼 수 없었다. 나는 붉은 섬멸이었단다.

소설

P가 언성을 높이는 것을 듣는다. P는 유튜브를 통해 정치와 관련된 동영상을 보고 이것저것을 말했다. 나는 그가 보는 것들이 무엇인지 모른다. 다만 그는 자주 빨갱이 소리를 했고 독재 국가 하에서는 국방력이라도 강했다는 말을 했다. 나는 독재를 모른다. 그 시기에 태어나지 않았기 때문이다. 국방력 또한 모른다. 전쟁이 일어났을 때 기어 다니지 않았기 때문이다. 나는 폭격을 모른다. 나이가 들지 않았기 때문이다. 하지만 다시 절망에 대해 이야기하자면, 그는 죽음에 이르는 병이 절망이라는 말을 하기 위해 수많은 말들을 늘어놓았다. 나도 그처럼 말할 수 있는가 하면

아니다. 나는 그렇게 많은 말을 늘어놓을 수가 없다. 내 생각은 둔하고, 섬세하게 뻗어 나가지 않는다. 하나의 생각은 하나가 되지 못한 생각을 부른다. 생각은 점점 닳아 없어진다. 그러나 구체적인 말은 더욱 구체적인 말을 부르고 점점 더 뾰족해진다. 토마토를 찌른 칼처럼. 공교롭게도 아침엔 토마토를 갈아 마셨다. 붉은 것을 떠올린다. 부른다. 말은 넘실거린다. 파도와 파도와 파도와 모래사장을 기어

다니는 게와 게와 빛과 그리고 빛. 마음은 그런 것들을 말해 주지 않는다. 생각은 그런 것들에서 멀리 떨어져 있다.

어쩌면 나는, 문장의 가능성만으로 쓰인 소설을 알고 있을지 모른다.* 부정형 어미만으로 실현되는 소설을. 최대한의 심상을 떠올리고 그것을 부정하는 것을. 그것은 소설이기에 가능하다. 소설 속 진실은, 사실상 모두 허구가 아닌가. 그 사실을 알고 있는 그가 부럽고 질투가 난다. 뛰어난 것을 보면 으레 그러하듯. 나는 단지 시를 쓰는 시인이다.

그러나 시를 쓰지 않는다. 언제부터 쓰지 않게 되었는지 모른다. 누군가가 말했다. 소설을 쓰기 시작하면, 더 이상 시를 쓸 수 없대요. 소설 또한 쓰지 않는다. 연필을 들어, 가장자리에 금박을 입힌 메모지에 글자를 채워 넣지 않는다. 사각거리는 연필 소리를 들으며 내 앞에 있는 전등을 하염없이 바라보지 않는다. 전등은 가끔씩 깜빡이지 않는다. 위층에서 발소리가 들리지 않는다.

* 한유주, 「되살아나다」, 『얼음의 책』.

> 그는 둔중한 몸을 이끌며 화장실로 가지 않는다. 물소리가 들리지 않는다. 아이가 뛰어다니지 않는다. 부모는 아이에게 그만 시끄럽게 굴라며 고함치지 않는다. 아이가 우는 소리가 들리지 않는다. 아이는 유치원에서 맞춘 노란색 원복을 입고 밖으로 나가지 않는다.

아파트의 일원 모두 묵념하지 않는다. 나는 P에게 어서 국기를 게양하라고 말하지 않는다. 국경일은 두 가지 종류밖에 없다. 학교에서 기쁜 날과 슬픈 날을 가르쳐 주지 않는다. 어떻게 국기를 게양하는지 배우고 그것을 부모 앞에서 떠들지 않는다.

아이가 게처럼 걷지 않는다. 화장실로 달려가 먹었던 것을 토하지 않는다.

토사물은 붉지 않다. 밀려오지 않는다. 더 이상 모래를 먹지 않게 되었을 때 국가는 들리지 않는다. (……) 덮거나 생략하지 않는다. 그러므로 이것은 시가

또한 아니다. 막 젖힌 커튼 앞에서

눈이 부시지 않다.

직물

아버지 일은 유감이구나
선생님은 형에게 따뜻한 차를 권했다
괜찮아요
형은 정중히 사양했다
아버지가 옆집 수영장에서 신발이 벗겨진 채 발견되었다
어머니는 도통 연락을 받지 않으시더구나
당연해요
형의 웅얼거리는 목소리를 알아듣기 위해서는 꽤 주의
를 기울여야 했으나
형은 이런 나의 노력을 알지 못한다
제가 어떤 이야기를 해도 선생님은 믿지 못할 거예요
너무하네
내가 이해심 없는 사람으로 보이니
아뇨 선생님은 사려 깊은 사람이에요
하지만
집의 이야기를 안다고 해서
그 집 벽에 기대어 벽지를 핥는 것은 아니죠
그게 무슨 말이니
집은 온통 맛으로 이루어져 있으니까요

짠맛

아이의 머리를 보면 그런 생각이 들었다

제 동생의 머리가 흰색이라는 것을 아세요?

아니 네 발이 푸른빛이라는 것을 알고 있지

완성되지 못한 소설 속 동생처럼

저는 시 안에 있어요

형이 쳐다보았다

선생님과는 다른 곳에 있죠

이틀

문을 열면 보이는 작은 부엌 그리고 연결된 두 개의 방

한 방엔 서로 껴안는 침대 그 옆에 있는 화장대
거울엔 사진들이 끼워져 있다
기억에 없는 장소들이 찍혀 있고

새로 산 향수 뚜껑이 없어서 다른 것으로 덮었다고 했다
꽤 자연스러워 할 말을 잃었다

다른 방엔 악기들이 늘어져 있어
등받이가 휜 검은 의자와
그 옆에 있는 접이식 의자

코트를 옷장 옆에 걸어두곤 했다
우리가 만난 건 겨울이었으니까

기억의 방
너는 산책을 나가
희고 큰 개가 있는 집을 지나쳤다고 했어

> 나는 그 길로 돌아가지 않았지
  한 집에서 고함치는 소리가 들렸어

오늘 날씨 맑음

기침하는 아이의 목에 독버섯이 자란다
개연하는 이마는 없다 달콤한
한밤의 꼬락서니에게

아이의 이름은 바꿔 부르기에 좋았다
그가 내 자식이 아니었으므로
마음대로 상상한 아이가 있다고 해도
그는 내 삶을 뭉갤 자격이 없다 하지만
한 번쯤 툭 치고 지나갈 법했다

독버섯을 먹어도 자신 있다는 목소리로
옆집 남자는 나에게 돌아오라는 노래를 불렀다
단언하지 못하므로 내 수염은 더 이상 자라지 않을 것
이다

그는 발이 뽀얗고 아이는 얼룩덜룩했다
함께 산책을 나가자
그러면 비슷한 색깔이 될 거야
마치 양말을 신은 것처럼

덜 말린 바닥을 닦는 청소부는
떨어뜨린 봄을 담기 위해 고민한다

어머니는 참 사치스러워요
문득 자란 아이가 옆집 문을 두드리고 있었다

토요일

축구장과 일요일
고정된 시선과 얼음 조각들

뛰어가는 사람은 핑크색 티셔츠를 입고 있다

군중들은 침묵에 휩싸여
열기가 식을 때 즈음
경기장으로 뛰어든다

걸어가는 사람들은 녹색 자전거를 보고 있다
겨울철 사무실의 히터

뛰어가던 사람이 천장 위를 걷는다
여름의 축구장에서
열광하던 선수들을 기억한다

얼음이 단단해지고
사무실에 앉아 있던 사람이 하품을 한다

모든 것이 침묵의 기억이라면
기억은 얼마나 녹을 수 있을까

걸어가는 사람들은 분홍색
자전거는 언제쯤
녹을 수 있을까

살기

포크에 찔린 채
싱싱한 음식들이 놓여 있다

아직 오지 않은 손님을 기다렸다

다섯 살 무렵이었다 접시에 놓인 토스트를 먹고 있을 때
빵 부스러기들이 우수수 떨어진 뒤로
초인종이 지는 저녁
상상했던 개를 멀리 보내고

행복이 헐떡였다
의자에 앉아 있던 나를 쳐다보았다

꿈결에 먹어 치운
차가운 요리를 떠올리곤 한다 그러나
행복은 짖지 않았다

그러면 손님이 초인종을 누른다

누구세요
아무 대답도 들리지 않는다
누구세요
문 가까이서 들리는 숨소리
밖에서
나는
예전에 당신을 먹었던 사람

오월에 집을 나갔다

기름진 얼룩이 식탁보에 남았다

유진

M이 무슨 이유로 사형을 선고받았는지 아는 바가 없다. 집행은 내가 태어날 때까지 연기되었다. 나는 배 속에 있는 집행인이나 다름없었다. M이 어떤 생각으로 나를 품고 있었는지, 지금도 알고 싶지 않다. 출산 예정일에 맞춰 나는 건강하게 태어났고 8월의 마지막 날 M은 교수대로 갔다.

하지만 형 나는 6월에 태어났잖아

그렇게 말하면 그는 닥치라며 소리를 질렀다 내가 사형수의 자식이며 입양된 것이라고 말하는 것은 형뿐이었다

유실물

2년 전 q를 마주쳤을 때 나는 카레우동을 먹고 있었다.

오랜만이에요.

그의 말에 우리가 처음 만났던 것이 언제였던가, 떠올려 보았으나 잘 되지 않았다.

q는 그 말만을 남긴 채 일행과 함께 떠났다.

마지막으로 수줍게 웃었다.

그 모습마저 d를 빼닮았다. 쌍꺼풀진 눈으로 허공을 바라보던 d는 손으로 입을 가리며 웃곤 했다. 내가 던진 실없는 말을 곱씹으며 자신이 떠올린 장면 속으로 걸어갔다. d는 나를 똑똑히 보지 않고

뒤편을 바라보았다. 그때마다 나는 피어난 해바라기들을 상상했다.

q는 문을 열고 우동집 밖으로 나갔다. 나는 그가 떠나는 모습을 보지 않고 젓가락을 내려놓고 왼편에 있는 창문을 바라보았다.

무성히 자란 풀들 외에 없었다.

내가 한동안 d를 좋아했다는 사실을 q는 알고 있을 수도 알지 못할 수도 있다.

오래전, 함께 길을 걷다가 지나가는 말로 d에 대한 일화를 이야기한 적 있었으므로.

q의 쌍꺼풀진 눈을 바라보면서 한 말이었다.

그가 실제로 사랑한 것은 I였으리라.

살면서 한 명쯤 사랑했던 사람은 있잖아요. 그런 말을 나누기도 했다. 그렇게 깊은 사이는 아니었는데

대답을 얼버무리며 과연 사랑이 무엇인지 잘 모르겠다는 생각을 했다.

초등학교 중학교 고등학교 대학교 나중에 만나게 된 친구들을 떠올리고

나는 친구들을 정말 사랑했지. 그건 지금도 마찬가지야.

헤어진 연인들에 대해 별다른 생각은 들지 않았다.

그 말을 꺼내는 q가 궁금하고 사라진 지금 무엇을 하고 있는지조차 모르지만 가을날 함께 걸어가는 상상을 했다.

d를 닮은 q가 신호등을 건너려고 했을 때

아직 빨간불이에요.

말했던 것은 나였다.

그러니까 5년 전이었다 q가 음식점에 붙은 일력에 대해

말했던 때

　소주 한 병을 시켜 홀로 따르며 시간에 대해 설명했다. 명확히는 백년 치의 시간을 담은 기계식 시계에 대한 이야기였다.

　열중하는 모습마저 d를 닮았다. 나는 d를 참으로 좋아했는데.

　d는 둥근 테이블 앞에서 파스타에 대한 말을 했다.

　파르팔레 라자냐 푸질리를 읊으면서

　인공 해바라기 다발을 바라보았다. 나도 급기야 d를 보는 법을 잊었고

　d의 눈이 기억나지 않고

　d의 코가 기억나지 않고

　q는 입이 조금 비뚤어졌다. d 또한 그랬던가.

　음식점을 나와서 조금 걸었다. 그는 헤어지기 전 나에게 책을 한 권 선물했다.

　표지 사진이 강렬하죠.

　사진 속 혀가 자판을 핥고 있었다. 나는 그것을 I의 집 책장에 꽂아 두었다.

십자가

위로부터 떨어진 시는
우측으로 꺾어졌다. 나는 그것을
시라기보단 굴착기라고 생각한다.

시끄러운 소리와 함께 위협적인 면모를 뽐내며
포크레인은 흙을 퍼담는다

떨어뜨리기 위해
매달린 사람들이 있고
내가 보는 것은
견고하게 쌓은 벽돌담을
누군가 깎아 놓은 흔적이다

흰 스티로폼을 넣기 위해서
그는 얼마나 많은 공을 들였을까
얼마나 많은
못질과
톱질과

가장 궁금한 것은
그 이전에 만든 구멍의 모양새다

위아래 좌우 옆으로
뻗어 있는 손과 같이
이전에 불었던 바람을 느낀다

그는 얼마나 많은 통로를 지났을까

얼마나 많은
시가 떨어졌을까

은미

내가 아는 은미는 제주도에서 나고 자랐다. 초등학교 중학교 고등학교 대학교 모두 제주에서 다녔다. 은미는 제주도를 떠나는 생각 같은 건 하지 않았다.

어릴 적부터 은미네 집엔 여행객들이 머물다 가곤 했다. 이곳저곳 여행을 다니는 사람들의 이야기를 자주 들었지만 제주도를 벗어나고 싶었던 적은 없다. 그들이 고향과 낯선 땅에 대해 이야기해도

산이 있고 바다가 있고 친구도 애인도 가족도 있는 이곳을 떠나고 싶지 않았다. 가끔씩 친구와 애인과 가족과 여행을 가기도 했지만 은미는 제주도를 떠나고 싶지 않았다. 떠나도 금세 돌아올 생각이었다.

한라산 혈망봉이 구름에 가려진 오후였다. 은미는 내 옆자리에 앉아 이어폰을 꽂고 졸고 있다. 나는 차창 밖을 하염없이 바라보았다.

은미는 가끔 검은 모래와 구멍이 뚫린 돌들을 밟았다. 가까이에서 본 바다는 투명하고 멀리서 보면 새파랬다. 발가락 사이로 모래가 들어왔다. 은미는 제주도를 떠나고 싶지 않았다.

고향이 다른 애인과 울면서 헤어졌을 때 은미는 제주도

를 떠나고 싶지 않았다. 고등학생 때 도덕 선생님이 뺨을 때렸을 때 중학생 때 절친과 절교했을 때 가끔씩 팔다리에 멍이 들어 오는 짝꿍이 간절히 떠나고 싶다고 말할 때 은미는 제주도를 떠나고 싶지 않았다.

은미는 제주도에서 나고 자랐다. 잠에서 깬 은미가 버스의 버저를 눌렀다.

떠나도 꼭 돌아올 생각이었다.

조지에게

나 사실 신을 사랑해
그가 만든 여자와 남자와 개와 눈물을 사랑해
아니더라도 사랑해
눈곱조차 사랑해
실핏줄을 사랑해 눈 없는 것도
보이지 않는 것도
너는 내가 원하는 걸 줄 수 없다고 했고 당연히 그럴
수밖에 없는데
일찍 깨닫지 못했어
너를 뺀 모든 걸 사랑한다는 걸 알아
절뚝거리며 가는 이도 사랑해
어느 날 손톱마냥 부러진 이도
오르는 계단도 높은 빌딩도
치솟다 무너질 문명도 증오하고 사랑해
거울에 얼핏 비친
빛나는 구석을 증오했어
커튼과 함께 말린 따듯함과
창문의 투명함이
식을 때까지 바라봤어

곧 아침이 올 거야
두드림 뒤에 따라올 가여운 존재를
실은 너무 사랑하고 있어

기억의 변환법

다음은 반복되는 기억이다.

저주 혹은 미소. 상황에 맞는 감정을 적절히 연습하거나 마음대로 생각하세요. 진심으로 네가 죽어 버렸으면 하고 바랐다. 그리고

나쁜

생의

반복을 끊을 수 없으면 바꿔야 한다. 여기서 기억의 변환법이 요구된다. 이를테면

그 당시 당신은 분홍 가발을 쓰고

회전식 연발 권총 한 자루를 쥐고 있었죠. 나는 말해요. 죽어 버려요. 총알 하나를 넣고 탄창을 돌려요. 방아쇠를 당겨요. 당신은

살았을 수도 있고 죽지 않았을 수도 있다. 나는 내 게임에 당신을 걸었어요. 약실의 개수만큼 나눈 1이 웃음으로 수렴해요.

이 치료법을 통해 환자의 기억은 바뀐다. 기억의 변환에서 오는 광증은 당신을 치료한다. 그것이 미래에 지장을 주지 않는

한 당신은 여러 가지 약품과 치료법을 시도할 수 있다.

> 하루 한번 흡입하는 렐바 엘립타 사용법

① 열고 ② 마시고 ③ 닫고 ④ 헹구기

'딸깍' 소리가 날 때까지 흡입구를 입술로 물고 덮개를 완전히 닫는다. 흡입기 사용 후에는

덮개를 열고 최대한 편안하게 숨을 깊게 들이마신다. 물로 입을 헹궈 줍니다.

숨을 내쉰다. 최소 3~4초간 숨을 참고,

천천히 내쉰다.

흡입구 주의사항

공기구멍

덮개 손가락으로 공기구멍을 막거나 흡입기 안으로 숨을 내쉬지 마십시오.

약물 계수기 약물 계수기는 한 번 흡입 시 1회씩 줄어듭니다.

의사의 별도 지시 사항 없이

약물 복용을 임의로 중단하지 마시기 바랍니다.

의식

((집으로 돌아와

의미 없는 밤을 만들자)

냉장고에 있던 귤을 까먹고

까무룩

잠에 들었어

이가 썩는다고

(야단치는 사람)도 없었지

타탄 무늬

물방울

(아직은 아니야)

황동 주전자

(혼자 덮었어

유리 그릇

(땡)

깨어나

)

어서

속죄

어느 날 네 발톱에 붙은 송충이도 사랑했다

저녁엔 벌레를 씹어 먹었다
배를 갈라 아침에 또 먹었다

나는 곧 송충이마냥 부푼 털가슴이 되었다

쏘일 때마다 다리가 떨어졌다
비명을 지르며 내 가슴을 물어뜯었다

맨가슴으로
머리를 잘라 송충이에 달았다

네가 쏘였다
뜯어먹은 손톱이 열 개라고 했다

4)

그것을 무엇이라 할 수 있을까. 나는 그에 대해 생각했고 생각했다기보다는 꼭 움켜쥐고 있는 쪽에 가까웠다. 어떤 때는 포박당하기도 했지만 인접한 면이 없으므로 자유롭다고 느꼈다.

나의 한 면은 날카로웠고 그것은 점점 더 나를 옭아매었는데 이것이 가능했던 까닭을 모르겠다. 하지만, 아니, 어쩌면, 당연한 일이다. 끊기 직전에야말로 더 강하게 조여 들고 그 순간 나는 움켜쥐고 있다고 생각했으며
칼은 자르는 게 아니라 안고 있다고 생각했을 것이다. 끊어지고 나서야 내가 가리킨 방향이 손잡이가 아니라는 것을 깨달았다.

아니 그것은 꿈이다. 칼은 생각했다.

내가 깨어난 이 집의 창문은 북서쪽을 향하며 여름에 더운 바람이 불어온다.
이것이 아침이라면 끊어낸 것은 밤인가. 무엇을 위해 일어나 옷을 입을 계획을 세웠는가. 그것이 돈을 벌어 오는

꿈인가. 끝없는 낮, 정수리 냄새가 풍기는 공간에서 나는
검은 머리를 풀었다.

경계 수칙

길은 두 갈래로 나뉘진다.* **
옆에서 걷는 이가 우리 집으로 가는 길을 물었다. 자꾸
물어서 마치 연인인 듯했다

*
슬픔을 던진다
노란색
믿을 수 없는 대비로
섞으면 거대해지리라 기대했던
밤

푸른색을 던져도
잠이 오지 않는다

통로를 걷는다
긴 밤
무너져 내린다

네가 고른 색이 눈을 감아도 자라나는 것을 보았다
너는
우리는
솟아난 가지, 너머에

맛있는 사과
혹은 매달린 감정들

돌아왔을 때 흰 캔버스를 보았다. 그를 앓던 눈병이 다
나아 있었다.

**
통 안에 노랑이 불쑥 솟아나왔다
나는 당신의 귀
제일 먼저 달려가는 소식이 될 거예요

깜짝 놀라 깨어났다
두 귀가 머리에 붙어 있어 다행이다 방금
깨물어 먹은 사과가 접시 위에 있고

캔버스에 놓인 길을 걸으면서
방금 보았던 파랑에 대해 생각했다

그는 속이 안 좋은 표정을 지어 보였다
무슨 일이냐고 물어도 고개를 돌리면서

우리는 방금 그린 사과를 쳐다보았다
통 안에서 소리가 났다

초록이 우글거렸디

비문

마음이 식은 연인에게 할 말을 연습하던 참이었다.

차 안에서 팝송 명곡 100이 흘러나왔다. 버스 앞 좌석에 앉은 노인 둘이 노래를 부른 가수 중 죽은 사람이 누구인지 대화했다. 나는 그 뒤에 앉아 아직 죽은 사람은 없다고 속으로 중얼거렸다.

매일같이 사랑한다는 말이 흘러나왔지. 그런데 어느 날 말이 끊겼다. 출근길에 걸으며 함께하던 말이었는데 갑자기 사라졌어. 연인이 나에게 했던 말은 아니다.

크립 다음으로 리슨이 흘러나왔다. 무명의 가수들이 모여 Willy의 작업실에서 녹음을 했다. 차고에서 녹음을 시작했다. 제일 처음 곡을 부른 것은 Sally였다. Sally는 원곡의 느낌을 살리기 위해 최선을 다했지만 Jamie가 조금 덜 노력한 것은 부정할 수 없는 사실이다.

노인 중 하나가 Sally가 부른 노래를 듣고 말했다. 러브 온 탑 알지? 그 노래를 불렀잖아. 그 사람 나보다 나이가 많아? 아니. 그 사람 죽었어? 아니. 노인은 열심히 부정했다.

죽은 마음을 어떻게 되살릴 수 있을까. Willy의 녹음실에서 Penny와 Magan이 열심히 사랑을 나누었다. *MEGAN*은 *CITY*의 약자이다. 도로에서 총격전이 벌어졌고 Maggie의 노래가 끝나기 직전 노인 중 하나가 갈비탕을 먹으러 가면 좋겠다고 말했다. 시동을 켠 내 손을 잡고 방아쇠를 당겼다.

춤추는 로봇

깡통 종이조각 그래피티 붉은색 (버려진) 도시 먼지 뒤집어 쓴 자동차 클랙슨 무언가의 엔진 소리 가로등 벤치 밑 개미 지
렁이 누런 풀 황사 사막 낙타 혹 누군가의 젖 혹은 좆 오줌 똥 화장실 변기 (먼지 낀 창문) 허리가 잘린 벌레 부서진 초코 과
자 콘크리트 녹은 아이스크림 개미 개미 개미 껌 운동화 사탕 침 담배 가래 연기 굴뚝 (고층) 아파트 낙하 깨진 창문 공 운동장 체육복을 입은 아이들 바람 가끔 나무 그늘 하늘 위 비행기 사이렌 소리

\

나는 남았어

인형 빗 색깔이 변하는 머리카락 가느다란 팔목 영양없는 손톱 세기가 변하는 드라이어기 소금 낀 머
리 바다 파도 섬 섬
섬 땅 위의 개미들 쌀 포대

> 주워 먹는다

가끔 비명
대체로 비명
무덤가 귀신
웃는 비명

8월 7일

너를 옆에 두고 너를 껴안고 침대에서 잠에 들었는데 꿈속에서 네가 아닌 낯선 이의 고백을 받았어. 계단을 쓸던 나는 그 말에 설렜어. 깨어나서야 몸 한구석이 겹쳐진 채, 서로 다른 꿈을 꾸었다는 것을 알았어. 나를 안는 네 팔에 얼굴을 부비면서, 꿈과 현실 두 공간에서 너무나 다른 나 자신에 놀랐어. 너는 아일랜드에 가서 다른 사람들이 너를 무시하는 악몽을 꾸었다고 했지. 그중에 나도 있었던 것은 아닐까, 마음이 무거워졌어.

입덧

발밑에 있는 것

땅 밑에 있는 것

죽은 것

죽은 줄 알았던 것

태어나기 직전인 것

우글우글한 것

7월 9일 비는 미스트처럼

지하철 열차 안에 있다. 막 왼편에 앉은 사람은 매번 모임에서 보는 사람과 같은 향수를 쓰는 듯했다.

모임이 끝나고 집으로 돌아오는 길. 열차는 한산하다. 앉은 곳 오른편에서 한 사람이 불어로 누군가와 통화하고 있다. 예전에 병원에서 본 여자와 닮았다. 아니 그 사람일지도 모른다. 함께 산부인과에 온 여자 둘을 기억한다. 뾰족한 프라다 구두를 신은 여자는 아마색 머리를 했다. 얼굴이 매우 희어서 염색한 것인지 그렇지 않은 것인지 헷갈렸다. 입은 옷도 베이지색이라 걸어 다니는 황금 같았다. 그때도 오른편에 있는 사람은 그 여자와 불어로 대화했다. 그는 몸집이 크고 맵시가 잘 드러나지 않는 진한 남색 드레스를 입었다. 그가 한 화장. 검은빛에 가까운 자주색 립스틱을 발랐다. 혹은 자줏빛을 띠는 검은 립스틱일까. 그보다 정말 그 여자일까. 오래 바라보지 않았다. 바라본 것은 일이초의 순간이며 그보다 몇 백 배의 시간 동안 기억하는 데 열중해 있다. 그러나 왜 이런 것들을 기억하고 싶은 걸까.

열차에서 내린다. 문가에 서 있던 남자에게서 담배 냄새가 났다. 회사에서 서버 문제를 고치던 사람에게서도 나던 냄새.

족히 열두 명 이상은 되는 인부들이 역사 한 기둥에 빙 둘러서 있다. 몇몇은 앉아 있었다. 열댓 개의 사다리들이 쌓여 있었다. 열한 시는 훌쩍 넘은 시간. 무엇을 치우려는 것인지 세우려는 것인지 고치려는 것인지. 지나가는 사람은 알 수 없다.

외면

광대 : 미움은 풍선이에요 터지면 시끄럽고 아파요 그러나 속 시원하기도 해요
나는 울기 위해 바늘이 필요해요

사자가 광대를 물어 간다 그는 성치 않은 곳이 없었으나 사자는 더 이상 묻지 않는다

나 : 의미가 제일 무서워 그게 나를 평생 피했으면 좋겠어

광대는 풍선을 놓쳤고 가짜마냥 둥근 태양이 떠 있다 그걸 끝내 못 터뜨린 게 아쉬워 주저앉는다 사자는 광대의 바지를 물어뜯고 있다 씹어 먹혀도 모자랄 광대는 모자람으로 위기를 모면한다

간신히 일어선 그는 놓친 순간을 쫓기로 한다 사자는 바로 그의 뒤에 있다 그가 가는 길목마다 자신의 흔적을 남겨 둔다 그건 꼬리 혹은 갈기 혹은 발톱의 일부이다

나 : 하지만 대결하지 않으면 평생 지루한 회전목마를 탈 것이다 짜릿함을 모방한 테마파크에서 탈출하려는 사람 그리고 별안간 절벽으로 던져지는 때

　풍선을 뒤쫓는 광대와 광대를 뒤쫓는 사자와 사자를 뒤쫓는 태양과 태양을 뒤쫓는 풍선과

　풍선은 사자의 미움만 하고
　사진사가 셔터를 누를 때
　광대와 태양은 한순간에 담기지 않는다 찾기 위해선 사자의 뒤편으로 가야 한다는 것을
　나는 죽어도 모를 것이다

목욕탕*

R은 폴라로이드 사진을 찍었고 거기에 UFO가 있었다고 말했다. 나는 빛이 잘못 찍힌 것이라고 말했다. 아니야 정말 UFO였어. 그건 예전 여자 친구와 함께 제주도에서 찍은 사진이었다. 나는 사진을 보지 못하고 상상만 할 뿐이었다. 거기에 찍힌 빛들을 떠올렸다. 그러고 나선 차마 R과 같이 TV를 볼 수 없었다. 텔레비전에 권투하는 사람들이 나왔다. 나는 책상 앞에 앉아서 내가 가져온 문제집을 한동안 바라봤다.

공부하느라 바쁜 건 알겠는데. 나 좀 안아 줄래?

R이 말을 마치자마자 나는 연필을 내려놓고 R을 안았다.

기분이 안 좋아.

왜?

R이 말하고 내가 물었다.

TV에는 맞거나 때리는 사람들이 나왔다. 나는 R을 안으며 더 다른 말을 할 수 없었다.

* 다와다 요코.

Nguyễn Thế Hoàng

Nguyễn Thế Hoàng 오후 4:59

oh, new android studio version just need xml file

i can import xml file directly

thank you so much

양지윤 오후 5:00

You're welcome

Team leader thought you already involved in this project too.

What I mean is, you haven't come in the table order project yet. (편집됨)

Nguyễn Thế Hoàng 오후 5:03

I still not get invitation to git

can you remind him？(편집됨)

양지윤 오후 5:04

I told him to invite you... maybe it will take time

Nguyễn Thế Hoàng 오후 5:04

oh, it's okay

your english skill look very good

are all staff in company is the same as you？

양지윤 오후 5:08

No, my english is not professional

Other staffs must be similar.

Nguyễn Thế Hoàng 오후 5:10

if you don't mind, can i ask your age ?

양지윤 오후 5:11

I'm 31. and next month, I'll be 32

Nguyễn Thế Hoàng 오후 5:30

I heard that Korea have apply new law for age

that people's age will decrease 1

양지윤 오후 5:31

Yes, that age is the age!

How about you?

Nguyễn Thế Hoàng 오후 5:32

So, you're just 30 for now

양지윤 오후 5:32

Nope I'm 31 now

Nguyễn Thế Hoàng 오후 5:33

oh, In my country, usually they're not ask the age

they ask "What year were you born ?"

양지윤 오후 5:34

Ah ha

Nguyễn Thế Hoàng 오후 5:34

I was born 1995

양지윤 오후 5:34

I was born in 1992

Nguyễn Thế Hoàng 오후 5:36

hello 선배

양지윤 오후 5:38

Haha but it's been a while since I worked as a developer.
Just 1 year and 8months

Maybe you could be 선배 in career

Nguyễn Thế Hoàng 오후 5:42

선배 or 후배 depends on age, isn't it ?

양지윤 오후 5:48

Umm in Korea, 선배, 후배 depends on career, experience
or grade

You could be 선배 even if you're younger than me

Nguyễn Thế Hoàng 오후 5:52

it's so weird

You told that you're developer for nearly 2 years

so What is your job before ?

양지윤 오후 5:53

I was poet

It's weird

Nguyễn Thế Hoàng 오후 5:53

heh

that's more weird

very weird

양지윤 오후 5:54

I wrote poetry in my 20's (편집됨)

Nguyễn Thế Hoàng 오후 5:55

even for 10 years, why you give it up ?

양지윤 오후 5:56

Not give it up, but just doing money job as a developer

I still write poetry, but rarely than 20's. Writing poetry doesn't make money

Nguyễn Thế Hoàng 오후 5:58

oh, got it

I like photography too, but I think it cannot become a main job

양지윤 오후 5:59

You like to take a photo?

Nguyễn Thế Hoàng 오후 5:59

so It was back to hobby, and now I'm a developer

양지윤 오후 6:00

Team leader just has invited you.

Check out the github

Nguyễn Thế Hoàng 오후 6:01

I can see email

눈물방울

코에 달린 빛

침을 꿀꺽 삼키는 순간

무모하게 고함치는 것

밖으로 뛰쳐나가는 것[2]

빨개진 얼굴

달리기의 이유

그들의 잔인함

그들의 고귀함

진주의 흠

깨끗하며 적절하기만 한 대답은 실체가 아니다[3]

자전거를 타는 기분

아픈 사타구니

혹은 자동차 기어를 움직일 때의 긴장감

1) 어떤 영혼은 탐이 난다. 인공의 대화는 형상을 구슬로 만드는 것에 방해
   가 된다.
2) 하지만 모든 대화는 인공이 아닌가.
3) 차라리 찔러 나오는 피.

유능한 것은 탐나지 않는다
실수
누군가의 마음을 갈가리 찢어놓는 것
몰래 의도한 짓은 탐나지 않는다

구슬프나 그 짓은
결과가 정해진 것 또한
내가 악마인 것을 들켰을 때
경멸하는 눈
한순간 터져 나오는 것[6]
키보드가 멋대로 다른 언어를 입력할 때

(1

4) 날뛰는 실체는 감각을 초월한다.[5]
   고통 극한의 기쁨 균형을 초월한 추함.
6) 손에 쥔 보석이 가짜 광휘라 할지라도 그것은 쥐고 있기에 아름답다.

폭우

마음이 가느다란 지뢰를 밟고 터졌다

신발은 사랑하던 시를 잃었다

가느다란 금 위로 먼지가 쌓이고

털어 내면 지는 놀이

왜 서 있는지 모를 복장의 사람들이

물구나무를 서면 쏟아지는

푸른 침대를 보았다

그는 한 명의 청소부였다 그러나 그는

그 방문을 열면 안 되었고

수염이 나는 엄마는 아이를 안고 창문으로 뛰쳐나갔다

금이 그어진 선반 위로 가족들이 하나둘 사라졌다
나는 잼을 바를 용기가 없다 마당을 쓸면서
화장실의 락스 냄새가 사라지길 기다리면서
무수한 타일들의 틈을 밟지 않기 위해 조심스럽게 걸어
야 했다

내가 비행기 조종사가 아니어서 다행이다 조금만 주의
했어도
여객선은 추락하지 않았을 것이다 한낱 승객인 것에 감
사하면서

문을 살살 쓸었다
옆집의 남자가 기타의 줄을 튕겼다
그가 이사 온 뒤로 내 코 아래에 수염이 자라기 시작
한다
아버지는 별 말이 없었고
나는 바깥을 토해 내야 했다
몰래
숨어 쓰는 시는 이처럼 짜릿하다

후지라멘왕

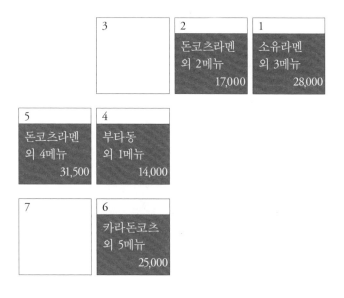

3	2 돈코츠라멘 외 2메뉴 17,000	1 소유라멘 외 3메뉴 28,000
5 돈코츠라멘 외 4메뉴 31,500	4 부타동 외 1메뉴 14,000	
7	6 카라돈코츠 외 5메뉴 25,000	

주방은

8
우나기동 외 3메뉴 23,000

11	9
미소라멘 7,000	돈코츠라멘 외 3메뉴 28,000

12	10
돈코츠라멘 외 1메뉴 9,000	

전쟁터야*

* 2021년 9월 16일 주방에서 숙주를 삶던 사장님의 말

오 혹은 없음

새 나라 새 일꾼이 됩시다 지금은 새 나라입니까 아닙
니다 모든 사람들은 구구 울지 않습니다 내 사랑 사랑 사
랑 새장에 가두고 싶다.

우리는 서로 부수면서 허물어져 갈거야 자기 발가락이
나 빨라는 말인가요 내 사랑 내가 사랑하는 사랑은 새가
아니라서

날아가지도 못해요 다이아몬드 사랑 서로 깎여서 부서져
우리가 가는 곳에는 언제나 사고가 따르고 우리가 뭉치는
곳에서

언제나 사람들이 쓰러지고 구역질을 하고 토사물이 길
거리에 널려 있고 구구 오 내 사랑 우리의 사랑은 한쪽
다리가 짝짝이

내가 사랑하는 사랑 발에 박힌 다이아몬드를 빼 줄게요
내밀어 봐요 우리가 가는 길에 부서진 파편들을 주우러

가요

식물

집에선 난초를 길렀다
열아홉 달 동안
나는 감기에 걸렸다

물 주는 것을 깜빡했을 때
언니가 머리를 자르고 왔다

왜 어떤 사람은 서울의 봄을 좋아하고
어떤 사람은 그렇지 않나

어떤 사람은 그 영화를 두 번씩이나 보았다고 했다 다른 사람은 별로였다고 했다 심지어 나랑 같이 보러 갔는데, 장군님들 담배 피우는 장면이 많이 나와서 귓속말로 그 또한 담배를 피우고 싶다고 했다

기침이 심해져서 가슴팍에 손을 얹었는데 잘 가라앉지 않았다 왜 별로였는지 이제는 물어볼 수도 없다 대신에 두 번이나 볼 정도로 좋아한 사람에게 물어볼까 싶었지만, 무턱대고 물어볼 정도로 친한 사이는 아니었다

내 견해론 좋다는 쪽이었다 부인이 도시락을 싸들고 장군 일하는 곳에 찾아가는 것이나 장군 혼자 힘들게 바리케이드 건너편으로 가는 부분은 다소 감상적이었지만, 기사로 본 실제 인물의 가족사엔 분명 애틋한 부분이 있다 알지 못하는 서사까지 생각하면 그리 감상적인 연출도 아닐 것이다

세상에는 어느 날 갑자기 마음이 찢어지는 사람도 있고 누군가의 몸과 마음을 총칼로 쑤신 뒤 박수를 치는 사람도 있는 법이다 훗날 영화가 좋아서 두 번씩이나 본 사

람이 있고 좋다는 편에 속하는 사람이 있고 별로라는 사
람이 있고 전혀 보지 못한 사람들도 있고 서로를 모르는
사람들이 정확하지 못한 기억으로 얼핏, 시에 등장하기도
하는 법이다

햇빛 광경

구멍 뚫린 유리에서
멍들이 쏟아지고
새파래진 손들이
그만 문을 닫기 위해
보도를 서성였다

그만두는 것이 옳다
격분한 사람들이
격언처럼 낭송하던 구절이었다

이제는 닫힌 유리
문들이 쏟아지고
사람들이 넘어졌다

멍들이
손과 발을 서성였다

참사를 사상하고   사망자를 모독한

사상은 별거하고   사측면을 상심한

별거는 격분하고   토사물을 살분한

격분은 생식하고   생산물을 정성한

생명은 직진하고   영수증을 제산한

직진은 조밀하고   주행로를 피력한

조밀은 계속하고   조석차를 도색한

속도를 측량하고   유제품을 시추한

측량은 조밀하고   개미굴을 불신한

참사를 사상하고   사망자를 모독한

개같은   개같은

개같은   개같은

개같은   개같은

동료를 고발하고   기록물을 고사한

고발을 계산하고   원추기를 작성한

계산을 분열하고   자전거를 제적한

분열을 접지하고   개인기를 계상한

접지를 사분하고 사문하는 사용자를 고발한

망각

아이들이 짖었다
옆으로 옆으로
땅을 짚고 기어다니며
침을 흘렸다
시계가 창문을 가리키고 있었다

투표

무궁화 꽃이 피었습니다
술래가 된 아이가 뽑으러 간다

무궁화 발바닥에 핀 꽃
흙 뿌리러 간다

발가락 사이에 뿌리
아직 파먹지 않은 꽃

아이가 떨어진다

다 자란 털 무궁화

뽑아 주세요
무궁한 발가락

신화

푹신한 소파에 앉아
떨어지는 음악을 듣는다

그 시각
저항하는 시민들이
총에 맞아 죽고
길을 가던 여자가
날아오는 주먹을 피해 울고
잃어버린 아이가
어른을 찾아
어른을 피해 울고
일주일 전 실직한 사람이
침대 모서리에 앉아
일산화탄소에 중독되고

현관 앞
절벽을 생각하고

,=,( ) 정체*

Madeline Gins는 다섯 개의 문장을 A에서부터 E로 구분하고 세부적인 분석을 시도한다. 구체적인 문장들은 그의 시 「Word Rain」(1969)을 참조하라. 이곳에서 밝히는 M은 의미이고 M′는 더 나아간 의미와 같다. 그는 다음과 같은 식을 고안한다.

$P=70W+,+(M_1 \cdots M_5)+O+M'$

여기서 P는 단락, W는 단어, O는 영원을 뜻한다.

고안된 식 이전에 그는 $P=70W+,+(M_1 \cdots M_5)$가 부정확한 진술이라고 본다.

그에 덧붙여 나는 70개의 단어로 이루어진 부정확한 단락을 미리 밝혀두는 바이다.**

---

* Madeline Gins, 「Word Rain」의 일부. 시를 일부 번역한 것은 Madeline 의 해석과 다를 수 있다.

** M이 Q를 밝히는 존재라면, Q는 M보다 어두울 것이며 실체보다 그림 자가 어두운 것은 당연하므로 Q는 M의 그림자보다 어두운 존재인가 하 는 의문점에 당도한다. 그렇다면 Q가 실체인가 그렇지 않은가 하는 문제 에서 M이 Q의 그림자보다 밝을 것은 분명하므로 M은 살아 있고 존재 하는 것이 아닌가? 하지만 죽어 있는 것보다 더 밝은 죽음 또한 존재할 지도 모르는 일이다. 그런 경우라면 M이 Q를 밝히는 일 따위는 일어날 수 없을 것이나 M이 존재한다면 Q를 밝힐 것이다. Q가 죽어 있든 그렇 지 않든 간에.

소원[1]

[2]

구

[3]

---

[1] 어떤 영혼에는 혹이 자란다. 자라는 것은 살아 있는 것과 혼동된다.

[2] 하지만 모든 혼종은 자책하지 않는가.

[3] 차라리 물을 마시고 싶다.

⁴⁾

원

⁶⁾

(1구속

말보로

네가 죽은 듯이 잠들어 버린 집

옥상에서 흰 가방을 베고 누웠다

너는 몸을 뒤척였다
초록색 페인트가 묻어나왔다

주홍빛으로 물든
말리부 해변에 가는 꿈을 꾸었다

새벽녘에 깨어나 건축에 대한 책을 읽었을까
흰 벽돌로 지은 집
빛이 내리쬐는 창가

어항 속 금붕어가
아가미를 펄럭이며 잠들어 있다

아직 눈을 뜬

가방에 묻은 페인트가 지워지지 않았다

너는 담배 한 갑을 잃어버렸다

소년이 저 멀리 날아갔을 때

무엇이든 기르면 새가 됩니다.

부모는 새 장수에게 속아 나를 샀다. 그러나 그들이 인내와 사랑으로 기른 것은 새가 아니었다. 그럼 무엇이지? 모두가 의아해했다. 새 장수가 파는 화분 속에서 자라난 아이들은 대체로 새가 되었다. 하지만 나에겐 모름지기 새라면 지니게 될 몇 가지 특징이 없다.

A 머리가 가볍지 않다

B 발이 뾰족하지 않다

C 깃털이 나지 않는다

AX 딱딱한 부리가 없다

등등

부모는 오랜 시간이 지나서야 새 장수에게 속았다는 것

을 깨달았다. 댓바람에 찾아가 따지려고 했지만 그가 사
는 집은 이미 텅 비어 있었다. 그는 온데간데없었고 새 모
이만이 바닥에 흩뿌려져 있었다.

배트

　도서관 안뜰에 야구공 하나가 있다 하품하던 사람이 책장을 넘긴다 풀이 무성한 바깥

　휴지에 소독제를 뿌리고 책상 곳곳을 꼼꼼하게 닦던 사람은 슬리퍼를 질질 끌며 걷는다 그는 뜰에서 검은 지네 한 마리를 밟을 뻔했지만

　간신히 산다

　공을던진사람이보이지않았다

　그날엔 아무도 야구를 하지 않고 스포츠 TV에서조차 볼 수 없다 수위가 의자에 앉아서 졸고 있을 때 아파트 13층에 거주하는 P는 깨진 창문을 갈기 위해 소파에서 일어선다

　맑은 날 태어난 지 열두 달 된 비둘기가 유리창에 머리를 부딪친다 먼지투성이었던 것이 이제야 조금 깨끗해진 것 같다고 P가 아닌 사람이 말하고

　R이 팬티 바람으로 담배를 태운다 J는 자신의 것이 아닌 치약으로 열심히 양치질을 한다 S는 빨래를 개던 참이다 또 다른 P는 하품을 하기 위해 입을 벌리다가

　막 날아간 공에

　맞아가지가부러졌다

86

전생

책상 위에 공책을 펴고 엎드렸다
일부는 종이에 빠졌고
나는 오른쪽을 앓아야 했다

훗날의 내가
귀를 그린 그림을 보았다

빛과 소리 소문

엉망으로 깨진 유리가
아스팔트 위에서 반짝인다
그 사랑 위에 맨발로 서지 않은 것이 다행이다

나는 밑창 고무가 닳기 시작한
캔버스화를 질질 끌며 간다
풀린 신발끈을 다시 묶을 타이밍을 잡지 못해
계속 걸어간다 그러다가

벤치에 앉은 유령을 본다

한낮의 광경이 놀랍지 않다
투명한 모자를 씌워 줄 수 있을까
유령은 발을 바라본다
그를 외면한 채 매듭을 짓기 시작한다

파편들 위로
통과하는 빛
가로막힌 숨

유령이 나지막이 내뱉은 말은
너무 작아서 들리지 않았다
어조에 실린 감정을 이해해 보려 했지만
쉬이잇
통과하는 바람에 잡지 못했다

이해란 얼마만큼 말이 되어야 하나

얼굴을 돌려 그의 표정을 읽으려 했다
유령에 얼굴이 있던가
당혹스러운 표정을 짓던
내가 낮 속으로 들어갔다

그 광경을
사랑들이
얼마나 널브러져 있던가

빛나는 조각들은
얼마나 날카로웠던가

> 뺨이 부풀기 시작한 사람들이
계단을 걸어 올라갔다

무성 시대

영화를 상영하던 극장에서 동네 밴드가 음악을 연주했고 사람들은 같은 영화에서 매번 다른 음악을 들었다. 영화에서는 난로에 피운 불이 옷에 달라붙기도 했다. 소년이 알몸으로 겨울 바다에 뛰어들었다.

백년이 흘러 극지방의 얼음이 녹아 갈 때였다. 한 술집에서 그 당시 소년을 연기했던 배우를 보았다. 술에 취해 목조차 붉어진 배우는 시종일관 꼿꼿한 자세를 유지했다. 나는 한때 그의 팬이었다는 말을 하지 못한 채 백년 하고도 하루가 지나기 전에 돌아왔다.

그 장면을 P에게 말하는 장면이 있다. P는 고개를 숙인 채 샤워기에서 쏟아지는 물을 맞고 있었다.

등을 펴고 앉아 있는 사람은 비 오는 날 젖은 벤치를 연기했다. 경적이 울리는 푸른 지프차 앞에서 오토바이 한 대가 담배를 피우고

영사기가 꺼질 때까지 자리를 지키다 일어섰다.

이사

내가 사는 동네로 온 친구들
성북동에서
연수구에서
가리봉동에서
파리 10구에서

왜 왔어 물으면
니가 불렀으니까 대답하는
그런 일이 종종 있다

오늘은 왜 안 왔어
그때는 파리 10구에도
가리봉동에도
연수구에도
심지어 성북동에도 없었다

그리고 주소도 모르는
내가 사랑하는 친구들

조문

글은 너무 늙었고 단어는 아주 썩어서 뼈가 보일 지경
이다 지금 바로 관 속에 들어가면 딱이겠다 조문 온 곰팡
이가 꽃피고

여러분 이곳은 무덤입니다 무덤가에서 춤추는 여러분!

달빛

손들

손가락으로 코를 파는 여러분!

썩어 가는 파 뿌리

이빨들

Let's work hard!

Nguyễn Thế Hoàng 오후 3:18

Can you open some kiosk for me ?

I need to check something (편집됨)

양지윤 오후 5:56

I've checked the message late.(편집됨)

Okay I'll ask about the server manager.

And I assigned you a new issue. How about the issues going? Are they too much ?

Nguyễn Thế Hoàng 오후 6:01

No, I still have free time

양지윤 오후 6:03

Then, can you please check the issue?

And the server manager opened the new kiosks

Nguyễn Thế Hoàng 오후 6:07

all issues I've assigned is merged

let me check it

and ,,,

how about your working holiday ?

양지윤 오후 6:08

I 'm just waiting for the VISA permission.

I've almost completed all the documents to be submitted.

Nguyễn Thế Hoàng 오후 6:10

When will there be results?

양지윤 오후 6:11

The first document submission is finished and waiting for the result. I think the results will come out within a month. (편집됨)

Just praying for the good result !

Nguyễn Thế Hoàng 오후 6:15

everythings will be okay

let's plan for Ireland

양지윤 오후 6:15

Thank you very much!

Yeah~

Nguyễn Thế Hoàng 오후 6:18

I'm imagining that you'll have a kingdom and create a war like game of thrones

양지윤 오후 6:18

What?

Me? Kingdom? the war and thrones?! (편집됨)

That's funny

Nguyễn Thế Hoàng 오후 6:19

look at these images

image.png

사진 삭제링크

사진 설명을 입력하세요.

양지윤 오후 6:20

So beautiful!

Nguyễn Thế Hoàng 오후 6:20

the scenery was so epic

양지윤 오후 6:20

But not a kingdom

Nguyễn Thế Hoàng 오후 6:21

how about a romantic love in huge fortress and flower
field ?

image.png

사진 삭제링크

사진 설명을 입력하세요.

Amazing !!

양지윤　오후 6:22

That's romantic. And I haven't seen Game of Thrones

What castle is this? Is this in the Ireland?

Nguyễn Thế Hoàng　오후 6:23

Exactly this is an abbey

Kylemore Abbey

양지윤　오후 6:24

So beautiful! I should go there!

Nguyễn Thế Hoàng　오후 6:25

You'll need a long list of place to go

https://theworldpursuit.com/best-places-to-visit-in-ireland/

양지윤　오후 6:26

Thank you for the list ups

Nguyễn Thế Hoàng　오후 6:26

Europe is an extremely majestic continent

양지윤 오후 6:26

I'll memorize them

Yes, the cultural heritage is enormous.

Nguyễn Thế Hoàng 오후 6:28

oh, I can't stop imagining about the epic war and love

양지윤 오후 6:29

You're a dreamer!

Nguyễn Thế Hoàng 오후 6:32

dreamer never stop dreaming

but I think I have to done my issue first

so, talk you later

양지윤 오후 6:37

Ok. Let's work hard

기린*

목이 없는
신화

슬픈 삼각자

모서리를 흘리는

유칼립투스의
각주를 보라

* 혹은 차라리

미풍

거실 한 켠 서랍장 하나는 엄마의 화장대로 쓰인다. 화장대 위에 다음과 같은 메모가 있다.

물라면
바나나
로메인
고기
낙지볶음밥
계란

파란색 볼펜도 함께 있다.

대학교 교양 수업에서 특정 계층의 가정에서 자란 여자아이가 페미니스트가 되기 쉽다고 들었다. 가난하지도 부자이지도 않은 우리 집에서

나는 새로 산 빗자루로 청소를 했다.

어떤 오물이든 잘 쓸어낼 수 있다며 입소문을 탄 빗자루가 무려 오십 퍼센트 할인한다길래 냉큼 산 것이었다.

잠시 안방에 누워 선풍기 바람을 쐰다.

이곳엔 대학 시절 이후 쭉 함께였던 엄마의 피아노가

있고 건반 덮개 위엔 옷가지들이 널려 있다. 상판 위에 온 친척과 함께 찍은 사진과 돌아가신 할머니 사진이 액자에 꽂혀 세워져 있다.

내가 열 살이 되었을 때 집에서 피아노 소리는 듣지 못했다.

십 년 전 고불거리는 갈색 머리의 교수가 한 말이었다.

소설

식물원에서 동생이 쓰러졌다는 연락을 받았다. 나는 곧
장 K시로 가는 열차표를 끊었다. 역사는 한적했다. 흰색
야구 모자를 쓰고 파란색 셔츠를 입은 사람과 연인으로
보이는 두 사람뿐이었다. 연인들은 중간 중간 영어로 이야
기했다. 이윽고 동생으로부터 연락이 왔다. 먹은 것을 다
토했다고 했다. 지금은 괜찮으니 오지 않아도 된다고 말했
다. 왜 토한 것이냐고 물었더니 새우를 먹었다고 했다.

너 새우 알러지 있잖아.

한두 개는 괜찮아.

수십 개의 새우를 끓는 물에 넣고 라면을 끓여 먹었던
때가 떠올랐다. 가끔씩 온 가족이 모였을 때 만들어 먹
던 것이었다. 동생은 저녁 조깅을 하러 나갔고 나는 엄마
와 함께 드라마 연속극을 보고 있었다. 주인공이 웨딩드레
스를 입고 공사장에 난입했다. 그 순간 동생이 얼굴이 붉
어진 채로 돌아왔다. 재킷을 벗고 드러누웠다. 속이 울렁
거린다고 했다. 얼굴부터 사타구니까지 몸의 중앙을 따라
두드러기가 나 있었다.

동생의 알러지를 처음 알게 되었을 때, 새우를 얼마나
먹었는지 기억할 수 없었다. 그래서 새우가 들어간 음식을

먹을 때마다 하나씩 늘려서 먹었다고 했다.

몇 개 먹었어?

일곱 개.

미쳤어?

나는 새우를 여섯 개까지 먹을 수 있어.

어이가 없어서 웃음이 나왔다.

식물원은 왜 간 거야?

동생은 바로 대답하지 않았고 나 또한 대답을 기다리지 않고 말했다. 표 끊었어. 저녁엔 도착할 거야.

동생은 별 말이 없었다. 이따 보자는 말에 간단히 응, 하고 대답할 뿐이었다.

그러나 주인공들은 단 한 번도 사랑에
빠진 적 없다.

찌그러진 달이었나 여자가 창문 앞으로 나아가고
나는 뒷모습을 바라보고 있다 몇 분 전에는
한 침대에서 담배를 나눠 피웠다
여자가 따귀를 때렸다
꽁초
여자 위에서 멈추었다

재떨이가 있어서라는 변명과 함께
그들은 고깃집으로 향했다
여자는 턱을 괴고
나는 시계를 바라본다

드라마 속 주인공들이 터무니없다고 말하면서
입안에 고기쌈을 욱여넣는다 말하던 중에
여자가 멈추었다

나는 그때가 겨울이었다고 기억하지만
여자는 분홍색 린넨 원피스를 입고 있다

둘 중 단 한 명도 떨지 않았으나
횡단보도는 흐르지 않았다.

우울한 자갈에게

한 노래에 갇힌 밤
그는 사랑에 관한 비밀을 간직한 듯 보였다
두 눈 중 하나를 더 찡그리며 몇 가지 말을 속삭였다
일그러진 입술 마침내
항아리였다
들여다보았다
그 안에 말려 둔 노래가 있었다
뒤집어도 나오지 않는 음이 잔뜩 웅크린 채
처음에는 젖어 있었어요

한 고래가 있었다
그리고 나중에 육지로 나왔죠 얼굴에 모래를 잔뜩 묻
힌 채
한동안 그의 수염을 보지 못했다
그는 바닷가에서 노래를 부른 적 없다. 무거운 기타를
들고 쏘다녔던 거리를 벗어나지 않았으므로.

파도의 유래를 알고 싶어
걸어 나온 게처럼

> 수염이 짧았다

  밤은 왜 비추고 싶었던 걸까요

  그래서 나왔죠 비릿하게 물먹은 거리를

  게들의 다리가 잘렸고 사람들이 환호했다. 찢겨진 우울
은 동그랗고 과대평가 되었다. 착각에서 비롯된 금속들이
여러 가지 굉음을 내고, 누군가는 산발적으로 튀어 오르
는 빛을 보기도 했습니다. 침묵 하지만 굉장했어요. 괴음
과격한 묶음 신비한 사랑을 찾는 게 아니었습니까

  이 도시의 항아리는 끝이 없어요

코다

B는 자주 집에 놀러 온다. 그는 책장에 꽂힌 책들을 바라보다가 한 권의 책에 시선이 멈춘다.

책을 펼치고 거기에 흑백사진이 꽂혀 있는 것을 발견한다. 횡단보도를 찍은 사진을 들고 B는 책을 더 읽고 싶다고 말한다. 글을 쓰느라 여념이 없던 나는 그러라고 한다.

저녁에 우리는 잠깐 산책을 했다. 자전거 도로와 보행자 도보가 나뉜 곳이었다. 그것을 잊고 있다가 자전거를 탄 사람으로부터 욕을 들었다. 나는 화가 나서 개새끼라고 말했고 옆에 있던 B가 시발놈이라고 했다.

집에 돌아와서 손목에 찼던 시계를 찾았지만 보이지 않는다. B가 보았던 책이 책장에 꽂혀 있다.

B는 노란 모자를 쓰고 있었다. 어제는 13년 지기 친구와 함께 라면을 먹으러 갔다.

벌써 가을인 것이 믿기지 않는다고 말했다. 그동안 도대체 무슨 일이 있었던 거지? 나는 아무것도 한 게 없어.

그의 물음에 반문했다.

너 내가 준 책은 다 읽었어?

그 말에 B가 작게 웃었다. 미안, 아직 못 다 읽었어.

잘 읽고 있어. 저자가 여든 아홉 살인 게 믿기지 않을 정도야.

나도 그렇게 생각해.

그때 보여줬던 것은 완성했어?

아직

쓰고 있는 중이야.

땅 속에 묻는 부분이 좋았어.

코를 부러뜨리는 장면이랑

그 부분은 지울까 했는데.

아니 나는 좋아.

생각해 봐야겠다.

시계가 7시 23분을 지나쳤다.

국물이 참 맛있다.

숟가락을 집어 든다.

비연인

두 번이나 헤어지고 두 번 다시 연인이라
부르지 않겠다고 다짐하고 어느 날 다시
만나는 두 덩어리의 인간은 아니 한 덩어
리는 봄날에 함께 산책을 하기로 한다 한
덩어리가 기록하는 다른 덩어리는 고집쟁
이였다 너는 요정 같은 아이를 갖고 싶다
고 했지만 막상 너를 닮은 애를 낳으면 복
장이 터질 거야 한 덩어리가 기억하는 다
른 덩어리는 제멋대로였다 너는 멋대로 나
를 판단하고 휘두르려 하지 기분이 봄 날씨
마냥 변덕스럽고 한 덩어리가 다른 덩어리
에게 발을 걸고 싶은 날들이었다 그러다 하
나는 발을 동동 굴렀고 다른 하나는 성질을
부렸다 우리는 왜 봄마다 산책을 하는 거지
그들은 덩어리져 창틀 안에서 돌뿐이었다

detachment: 멀리 보기

선우은실(문학평론가)

무심함과 객관성

'디태치먼트(detachment)'에는 '무심함', '객관성'이라는 뜻이 있다. 두 가지 뜻이 모종의 연관성을 지녔기에 한 단어에 속하는 것이라 할 때, '무심함'과 '객관성'은 어떤 점에서 인접한 것일까? 어쩌면 무심함은 객관적 태도의 일종일지도 모른다. '객관성'이 '사안을 치우침 없이 판단한다'는 의미라면, '무심함'은 '어떠한 사안으로부터 거리를 둔 감정 혹은 상태'로 통용된다. 그런 까닭에 '무심함'은 종종 엄격한 공정함을 보증하는 표정(혹은 태도)으로 읽히곤 한다. 그러나 '무심함'을 정말로 객관성을 표방하는 중립적 표정으로 보아도 좋은 것일까? 또 객관성이 주관성을 완전히 배제한 엄정성을 가진 것이라 말하는 것으로 충분할까? 혹 짐짓 무심한 표정을 짓고 멀리서 바라본다는 것은 바라보는 그 대상에 지극한 방식으로 개입하겠다는 다른 표현이지는 않은가? 어떤 것의 표정이나 태도가 그 정반대의 행위성을 가정한다는 가능성을 고려한다면, 무심함과 객관성 사이의 관계에 대해 다른 질문을 던져야 할 것 같다. 무심한 것은 과연 객관적인가?

같은 표현을 제목으로 삼는 영화가 있다. 영화 「디태치먼트」에는 상처 입고 기꺼이 자신과 타인을 망가뜨릴 준비가 되어 있는 아이들을 조금은 냉정한 시선으로 바라보면서도 치우침 없이 그들의 삶에 개입하는 교사 헨리가 등장한다. 그는 문제아들이 모여 있는, 존폐가 아슬아슬한 학교에 기간제 교사로 부임한다. 그는 아이들이 동료, 어른, 동물 등 자신을 둘러싼 세계에 보이는 폭력성을 이해하려고 애쓰는 타입의 교사가 아니다. 대신 그들의 행위에 객관적인 형식, 즉 교육하는 어른으로서 개입한다. 그는 아이들이 지닌 저마다의 사연에 간섭하지 않지만 그렇다고 해서 그들의 고통을 무시하지도 않는다. 이런 그의 모습은 경계를 넘지 않은 상태에서, 조금은 무심한 얼굴로 그들을 객관적으로 맞이하는 듯 보인다.

그러나 헨리에 대한 앞선 설명은 다시 쓰여야 한다. 그는 아이들이 내재한 세계의 폭력을 이해하지 않는 것이 아니다. 그는 아이들이 처해 있는 폭력이 무엇인지 직접

체험한 적 있으며, 폭력적 세계에 대응하고자 폭력을 재생산하는 것이 어떠한 패러다임에서 비롯되는지 그는 이미 알고 있다. 그의 무심함은 그가 그것을 이미 이해하고 있음에서 비롯된다. 따라서 그의 경계 설정에 대한 설명 역시 그 의미를 다시 헤아려야 한다. 타인에 대한 헨리의 경계 설정은 그가 경험하고 감당하는 폭력의 전염 가능성에 대한 거리 두기다. 헨리는 자신이 선택하지 않았으나 자신에게 주어진 폭력을 아주 오랫동안 감당해 왔다. 교사라는 직책에서 멀어져 그러한 그의 삶 한가운데로 들어갔을 때 그는 무심하지도, 객관적이지도 못하다. 그에게는 한평생을 아동성애자로 살아 가족에게 성폭력을 일삼은 조부가 있고, 바로 그 때문에 어머니가 자살했다는 트라우마에서 벗어나지 못했다. 심지어 조부가 치매 증상을 보이는 탓에 노인 요양 시설에 돈을 지불하며 가해자인 그를 위탁해야만 했던 현실을 힘겹게 버텨 왔다. 요컨대 헨리는 자기 삶에 드리워진 세계의 폭력성에 여전히 무심하지도 객관적이지도 못하며, 그로 인해 자신과 같은 종류의 흉포함을 경험하는 아이들을 발견할 수 있었고, 동시에 바로 그것을 알아볼 수 있는 까닭에 그들에게 개입하지 않는 것처럼 보인다. 그러나 그렇게 '보일 뿐', 그의 무심함, 그리고 객관적 태도는 정반대의 상황을 전제한다. NOT이 아니라 CAN'T, 즉 무심할 수 없고 객관적일 수 없음이 그가 표방하는 거리감에 대한 진의다.

개입하는 무심함

이러한 태도를 '개입하는 무심함'이라고 말해 보자. 우리의 무심함, 객관적 거리감 같은 것은 우리가 그 어떤 것에도 영향 받지 않고 지극히 엄정한 판결자가 될 수 있다는 것을 뜻하지 않는다. 정반대로, 우리는 그 무엇에도 무심할 수 없고 객관적 위치를 점할 수도 없다. 오히려 모든 것에 영향을 받기에 우리 자신의 주관성 안에서 한쪽으로 치우치지 않도록 다만 거리를 가늠할 따름이다. 때때로 멀리 보는 일이 필요하다면, 그 이유는 우리가 어떤 사안에서 무결하고 엄격한 판단을 내릴 수 있기 때문이 아니라 그럴 수 없기 때문이다. "내가 원하는 걸 줄 수 없다고 했고 당연히 그럴 수밖에 없는데" 그 사실을 깨닫지 못하고 "너를 뺀 모든 걸 사랑한다는 걸" 안다고 했다가 '너'를 떠올리는 모든 것을 증오했다가 결국 그 멀어지려 함의 끝에 "실은 너무 사랑하고 있어"(「조지에게」)라는 고백처럼 말이다. 객관적 시선에 이른다는 것은 자신에게 밀착된 모든 과거를 소환하는 끝에야 도달하는 것. 그러므로 무심한 얼굴로 객관성을 표방한다는 것은 그것이 결코 무심해지는 방식으로 객관적인 상태에 이른 것이 아니라는 의미다.

이는 천체학에서 말하는 '멀리 보는 것은 과거를 보는 것'이라는 표현과도 상통한다. 지구에서 더더욱 멀리 떨어진 천체를 관측한다는 것은 그만큼 먼 거리에 있는 빛이 지금 여기에 도달한 것을 의미한다. 즉 멀리 있는 천체를 본다는 것은 빛이 지금 여기에 도달하는 데 걸린 시간만큼의 과거를 보는 것이다. 이것을 문학의 관점에서 다음과 같은 방식으로 풀이해 볼 수도 있을까? 멀리 보는 것 즉 무심하고 객관적인 시선이란 결국 타인과 자기 자신의 과거를 톺아본 후에 이르는 결말에 다름 아니라고. 이런 식으로 표방된 '무심함/객관성'이 현실에 우리가 개입하는 방식이라고.

윤지양의 시는 멀리 본다. 그렇게 함으로써 멀리 볼 수 없는 모든 이력을 환기한다. 이때 멀리 본다는 것은 거리감을 유지한다는 의미이고, 과거를 환기한다는 것은 우리를 우리 자신으로 있게끔 한 세계의 역사와 그로 인해 존재하는 지금의 현실을 바라보게 한다는 뜻이다. 보이는 것에 대해 쉬이 결단이나 판단을 내리지 않는 것, 나열되는 풍경에 대해 설명하지 않는 것, 최소한으로만 말하는 것, 오직 객관 현실에 대한 묘사에 집중하는 듯 느껴지는 것, 인물이나 상황을 관찰할 뿐 그 이면을 투사하지 않으려는 것. 이번 윤지양의 시에 대한 이와 같은 인상은 개입하는 무심함의 혁명성에 기초한다.

p가 언성을 높이는 것을 듣는다. P는 유튜브를 통해 정치와 관련된 동영상을 보고 이것저것을 말했다. 나는 그가 보

는 것들이 무엇인지 모른다. 다만 그는 자주 빨갱이 소리를 했고 독재 국가 하에서는 국방력이라도 강했다는 말을 했다. 나는 독재를 모른다. 그 시기에 태어나지 않았기 때문이다. 국방력 또한 모른다. 전쟁이 일어났을 때 기어 다니지 않았기 때문이다. 하지만 다시 절망에 대해 이야기하자면, 그는 죽음에 이르는 병이 절망이라는 말을 하기 위해 수많은 말들을 늘어놓았다. 나도 그처럼 말할 수 있는가 하면// 아니다. 나는 그렇게 많은 말을 늘어놓을 수가 없다. 내 생각은 둔하고, 섬세하게 뻗어 나가지 않는다. 하나의 생각은 하나가 되지 못한 생각을 부른다. 생각은 점점 닳아 없어진다. 그러나 구체적인 말은 더욱 구체적인 말을 부르고 점점 더 뾰족해진다. 토마토를 찌른 칼처럼. 공교롭게도 아침엔 토마토를 갈아 마셨다. 붉은 것을 떠올린다. 부른다. 말은 넘실거린다. 파도와 파도와 파도와 모래사장을 기어다니는 게와 게와 빛과 그리고 빛. 마음은 그런 것들을 말해 주지 않는다. 생각은 그런 것들에서 멀리 떨어져 있다.// 어쩌면 나는, 문장의 가능성만으로 쓰인 소설을 알고 있을지 모른다. 부정형 어미만으로 실현되는 소설을. 최대한의 심상을 떠올리고 그것을 부정하는 것을. 그것은 소설이기에 가능하다. 소설 속 진실은, 사실상 모두 허구가 아닌가. 그 사실을 알고 있는 그가 부럽고 질투가 난다. 뛰어난 것을 보면 으레 그러하듯. 나는 단지 시를 쓰는 시인이다.// 그러나 시를 쓰지 않는다. 언제부터 쓰지 않게 되었는지 모른다. 누군가가 말했다. 소설을 쓰기 시작하면, 더 이상 시를 쓸 수 없대요. 소설 또한 쓰지 않는다. 연필을 들어, 가장자리에 금박을 입힌 메모지에 글자를 채워 넣지 않는다. 사각거리는 연필 소리를 들으며 내 앞에 있는 전등을 하염없이 바라보지 않는다. 전등은 가끔씩 깜빡이지 않는다. 위층에서 발소리가 들리지 않는다.// 그는 둔중한 몸을 이끌며 화장실로 가지 않는다. 물소리가 들리지 않는다. 아이가 뛰어다니지 않는다. 부모는 아이에게 그만 시끄럽게 굴라며 고함치지 않는다. 아이가 우는 소리가 들리지 않는다. 아이는 유치원에서 맞춘 노란색 원복을 입고 밖으로 나가지 않는다./ 아파트의 일원 모두 묵념하지 않는다. 나는 P에게 어서 국기를 게양하라고 말하지 않는다. 국경일은 두 가지 종류밖에 없다. 학교에서 기쁜 날과 슬픈 날을 가르쳐 주지 않는다. 어떻게 국기를 게양하는지 배우고 그것을 부모 앞에서 떠들지 않는다./ 아이가 게처럼 걷지 않는다. 화장실로 달려가 먹었던 것을 토하지 않는다.// 토사물은 붉지 않다. 밀려오지 않는다. 더 이상 모래를 먹지 않게 되었을 때 국가는 들리지 않는다. (……) 덮거나 생략하지 않는다. 그러므로 이것은 시가/ 또한 아니다. 막 젖힌 커튼 앞에서/ 눈이 부시지 않다.

—「소설」

「소설」의 전문을 다시 읽어 본다. 이 시에서 질문할 것은 크게 두 가지다. 이 시는 천착해야 하는 대상물로부터 철저히 거리를 두는 부정(否定)형 서술을 사용한다. 그런데 그가 부정하고 있는 것은 과연 부정되고 있는가? 한편 화자는 "이것은 시가 아니다"라고 말한다. 그런데 이것은 정말 시가 아닌가? 이 두 가지 질문을 기억하면서 전자에 대한 이야기부터 시작해 보도록 하자.

「소설」에서 펼쳐지는 상황은 이렇다. '나'는 P와 있다. "빨갱이"를 혐오하고 "독재 정권"하의 경제 성장을 치하하는 P의 이야기를 들으며 '나'는 자신이 "독재를 모른"다는 사실을 떠올린다. 역으로 추측하자면, P는 아마 독재를 경험했기 때문에, 독재를 안다고 생각하기 때문에 그와 같은 이야기를 하는 것일지도 모른다. '나'는 P의 독재 찬양에 대해 주관적 의견을 표하거나 그를 판단하기보다는 오직 상황을 바라보고 있을 뿐이며, 객관적인 사실 정보를 헤아리는 중이다. P는 독재를 겪었다. '나'는 독재를 모른다. P는 절망에 대해 수다스러운 사람이다. '나'는 P처럼 말을 많이 하지 못한다. 자신을 둘러싸고 벌어지는 사실에 대해서 '나'는 이후로 끊임없이 '아니다'라는 판단을 위시하여 거리를 두기 시작한다. 화자는 줄곧 '아닌 것'에 대해 말한다. '시'라는 형식 위에서 "부정형 어미만으로 실현되는 소설" 이야기를 하고(이것은 시가 '아니다'라고 말하고) 시를 쓰지 않으며, 화장실에 가지 않으며, 물소리가 들리지 않으며, 아이가 뛰지 않고, 누구도 아이에게 고함치지 않고, 아이가 외출하지 않고, 아파트의 일원이 묵념하지 않고…….

　그러나 '않는다'로 끝나는 문장들을 읽는 동안 관념적 상(像)은 정반대의 장면에 맺힌다. 우리는 「소설」을 '시'라고 생각하며 읽는다. 시에 등장하는 화자는 시 안에 위치함으로써 시를 쓰는(행위하는) 사람으로 간주된다. 화장실에 간다. 물소리가 들린다. 아이가 뛰고 그런 아이에게 고함친다. 아이가 외출한다. 아파트의 일원이 묵념한다. '아니다'의 부정형 서술어 앞에서 재현되는 것은 모두 평서문으로 고쳐 읽힌다. 부정형의 부정형으로 읽힌다. 그것은 아닌 것이 아니며, 그 '아닌 것이 아닌 것'이 지금 우리에게 필요한 풍경이라는 생각의 도달점이 우리를 강력하게 구속한다.

　따라서, 이것은 시가 아니지 않으며, 화장실에 가면 물소리가 나지 않지 않고, 아이는 뛸 수 없지 않고 고함치는 누군가의 보호가 필요하지 않지 않으며, 국경일에 우리는 때때로 묵념하지 않지 않다. 시가 시이고 들려야 할 소리가 들리고 존재해야 할 것이 온전하게 존재하며 행위의 주체성이 구속 받지 않는 것. 우리의 일상이란 이와 같이 지극히 평범하고 당연한 것이 당연하게 굴러갈 때 지속된다. 그렇다는 사실을 반대로 당위화 된 상황 즉, 시가 쓰일 수 없고, 화장실 물소리를 낼 수 없고, 아이가 뛰놀거나 혼나거나 외출할 수 없어서는 안 되며, 압력에 의해 공동체가 묵념을 강요받아서는 안 된다는 장면을 통해 확인한다. 시는 이런 식으로 계속 쓰여야만 한다고 「소설」은 말한다.

'아닌 것'에 대해 말하는 문장을 따라가되 그 문장의 형태가 함의하는 것 혹은 지시하는 것을 정반대의 규약 속에서 해석하도록 하는 것. 이것은 시의 방식이다. 시는 규칙을 깨뜨리고, '아닌 것'이 스스로를 배반하게 만든다. 즉 아닌 것을 아니게 만든다. 「소설」 역시 그것을 해내고 있다. 그러므로 화자가 주장하는 것이나, 이 시의 제목인 '소설'이 표현하는 것과는 다르게 이것은 시다. 그러나 시가 아니며 소설이라고 주장하는 내용을 담고 있는 것 또한 사실이므로, 시가 아니며 소설인 시다. 한 문장 안에서 벌어지는 여러 번의 배반, 즉 부정형 태도는 '시'에서 멀어져 무심하게 구는 것 같지만, 그것을 에둘러 가장 시적인 방식의 혁명성을 보여 준다. 그 자신에서 멀어지고 부정함으로써 그 일면에 더욱 밀착해 있음을 확인하게 한다.

비껴 보기

이렇듯 윤지양이 보여 주는 객관적인 시선, 무심한 듯한 발화는 멀리 봄으로써 가장 밀착한 시선이다. 이와 같은 태도는 시선의 끝에 걸려 있는 대상 전체의 의미를 헤아리기 위해서 그것을 아주 가까이에서 보는 역설적 방식으로 또한 드러난다. 이를 다르게 표현해 '비껴 보기'라고 말해 보자.

　　위로부터 떨어진 시는/ 우측으로 꺾어졌다. 나는 그것을/ 시라기보단 굴착기라고 생각한다.// 시끄러운 소리와 함께 위협적인 면모를 뽐내며/ 포크레인은 흙을 퍼담는다// 떨어뜨리기 위해 매달린 사람들이 있고/ 내가 보는 것은/ 견고하게 쌓은 벽돌담을/ 누군가 깎아 놓은 흔적이다// 흰 스티로폼을 넣기 위해서/ 그는 얼마나 많은 공을 들였을까/ 얼마나 많은/ 못질과/ 톱질과// 가장 궁금한 것은/ 그 이전에 만든 구멍의 모양새다// 위아래 좌우 옆으로/ 뻗어 있는 손과 같이/ 이전에 불었던 바람을 느낀다// 그는 얼마나 많은 통로를 지났을까// 얼마나 많은/ 시가 떨어졌을까

　　　　　　　　　　　　　　　　　　　　　　　　　　　　—「십자가」

　　앞서 「소설」이 확연한 거리감을 두고 '모른다'와 '아니다'를 중심으로 '알아야 한다'와 '아닌 게 아니다'라고 말했다면, 이 시는 그보다 가까운 거리감의 시선을 전제한다. 이 시에서 화자가 이야기하는 것은 "견고하게 쌓은 벽돌담"이다. 그런데 이 벽돌담을 이야기하기 위해서 그가 천착하는 것은 전체를 조망하는 방식의 시야가 아니다. 벽돌담을 "깎아 놓은 흔적", 즉 벽의 국부가 곧 그 전체를 말해 줄 수 있다고 본다. 이것이 벽돌담인지 아닌지조차 모를 정도로 밀착한 상태에서 보이는 것이 벽돌담 그 자체

를 의미한다는 것이다.

화자는 벽돌담을 깎아 흰 스티로폼을 넣고, 못질을 하고, 최초에 뚫렸을 그 구멍과, 구멍을 통과하는 바람에 대해 상상한다. 이 모든 것이 '벽돌담이란 무엇인가'에 다가가는 타당한 접근이라는 것인데, 이렇게 볼 때 벽돌담은 경계를 설정하고 무언가를 접근하지 못하게 하는 것이라는 의미에서 살짝 비껴가게 된다. 벽돌담은 구멍을 낼 수 있는 물체이고, 그것이 지닌 완고함 역시 누군가의 집요한 '파내기'에 의해서 구멍 뚫리는 것이며, 구멍이 뚫려 바람이 오가는 곳이며, 그 바람 하나를 지나가게 하기 위해 오랜 노력이 필요한 무엇이다. 즉 뚫리지 '않은' 것이 아니라 뚫린 것으로서 벽돌담은 벽돌담의 의미를 지닌다.

그런데 애초에 이 벽돌담은 하나의 시적 상황에 빗대어진 시상이다. 이 시가 시작되는 구절을 다시 따라가 보라. 굴착기와 같은 용도로 위에서 떨어지는 시, 무언가를 뚫어 내는 시에 대한 인식이 흙을 파내는 포크레인에 대한 인식으로, 그리고 굴착기(시)와 포크레인이 허물어 내야 하는 하나의 '벽'을 상상하는 흐름으로 연결된다. 그러자면 애초에 이 시가 말하고 싶었던 '벽돌담'이란 과연 무엇인가? 그것은 우리가 허물 수 '있는' 것(허물어야 '하는' 것이 아니라)이다. 여러 개의 시가 떨어져서 만들어낸 하나의 구멍, 그런 식으로 허물어질 수 있는 벽, 그것이 시와 '벽'의 상관관계다.

아주 가까이서 발견된 것을 통해 전체의 의미를 재규정하고, 구체적인 현실의 모양새로 빗대어진 것으로부터 관념적인 시적 행위를 구체화하는 일. 이는 무심한 얼굴에 대한 비껴 말하기 혹은 비껴 보기일진대, 윤지양은 일관된 형식의 '무심함'으로 현실에 개입하지 않는다. 짐짓 무심함을 앞세우되 그 속에 수많은 표정과 태도와 시각이 가로놓여 있음을, 그 형식 자체가 이미 다채로운 것임을 보여준다.

detachment variation

이 시집에서 윤지양이 실험하고 있는 무심하게 개입하는 것의 베리에이션은 실로 다양하다. 아주 멀어지기, 극도로 가까워지기, 모든 것을 부정하기, 핵심에서 계속해서 비껴가기 등. 그 가운데 이와 같은 방법론 자체를 전면화하면서도 특유의 무심한 표정을 잃지 않는 작품을 하나 꼽자면 영문으로 쓰인 시 「Nguyễn Thế Hoàng」를 들 수 있다.

나로서는 이 문자를 검색해서 번역하지 않으면 발음조차 할 수 없다. 다시 말해 이 제목은 내게 소리낼 수 없는 문자다. 그러나 소리낼 수 없는 문자란 존재하는가? 만약 그렇다면, 비껴 말해, 소리낼 수 없음으로 하여 그 의미가 분명히 존재하는 것이 바로 이 문자의 존재 진의일 것이다. 기술의 도움을 받아 이 문자를 내가 알고 있는 문자 규칙의 체계 위에서 배열해 보자면 '응우옌 더 호앙'이라고 한다. 그런데 이와 같은 한글화로서의 재규칙화는 과연 이 문자의 맥락을 온전하게 설명해 주는가? 그렇지 않다. 그것은 단지 소리일 뿐이다. 그렇다면 이 문자의 배열의 핵심에 다가가기 위해 나는 무엇을 더 알아야 할까?

우선 그 내용을 살펴보도록 하자. 이 시는 'Nguyễn Thế Hoàng'과 '양지윤'의 영문 대화로 이루어져 있다. 이 시는 두 사람이 메신저에서 영어로 이야기를 나눈 한 장면을 통째로 들여왔다. 그렇다면 'Nguyễn Thế Hoàng'은 영문으로 대화하는 두 사람에 대한 이야기라는 의미인가? 일부분 그렇기는 하지만 그게 전부라고 말할 수는 없겠다. 'Nguyễn Thế Hoàng'이 '시'라는 거시적 맥락 위에서 움직이고 있다는 점을 고려하여(거리를 두고 작동하는 방식을 보기 위해서는) 그것이 기능하는 방식 '안'으로 더 가까이 들어가야만 하겠다(거리를 좁혀야 한다).

때때로 "(편집됨)"의 부분이 있음을 숨기지 않는 시의 내용을 따라갈 때, 우리는 이 시 속에 개입하기 위해 반드시 한글화되지 않은 문자 체계를 번역해야 한다는 것을 의식한다. 또한 번역의 과정에서 우리는 인물 간의 유대 관계나 대화의 양식 자체를 오직 자기를 기준으로 상상하고 있음을 눈치챈다. 이를테면 내가 읽은 이들 사이의 관계성

과 당신이 읽은 이들 사이의 기류는 조금 다를 것이다. 우리 자신이 누구냐에 따라 이 시는 문자 이상의 것으로 번역된다.

그렇다면 시의 제목이자 시적 형식, 시적 대상, 시 그 자체이기도 한 'Nguyễn Thế Hoàng'을 등장인물 혹은 대화 상대라는 의미로 국한할 수는 없겠다. 우리가 실제로 목격하는 것은 시 속에서 두 인물이 나누는 대화를 번역하며 상상되는 유대감, 친밀감, 이들이 정의하는 선배와 후배의 개념, 시를 쓴다는 것에 대한 이들의 접촉 지점 같은 것이다. 또한 이 모든 대화를 종합적으로 목격한 끝에, 두 사람이 이야기를 나누는 일상의 한 단면이 '멀리 보는' 관점을 거치면서 시적인 방식으로 재배열되는지와 관련한 '시적인 순간'을 우리는 본다. 문자의 번역에서 시작해 시 '안(내용)'으로 깊이 몰두하는 일은 사적이고 내밀한 지점을 파고드는 일이다. 한데 이 내밀함은 정작 이들이 나눈 대화를 제3자의 입장에서, 즉 멀리 떨어져 관찰할 때에야 발견되는 것이다.

가까이 가는 것이 곧 멀리 가는 것이 되고, 멀리 보는 것이 곧 시선을 가까이 두는 것이 되는 것. 대화의 번역이라는 표면적 행위를 통해 우리는 단순히 이들의 '일상적 대화'에 초대된 것이 아니라, 그렇게 쓰인 기록을 초과하여 이 발화의 '형식'적 경험에 참여한다. 즉 이 시는 어긋나 있어서 시가 되는 것에 대해 말한다. 어떻게 개입할 것이며 어떻게 시야를 전환할 것인가. 여기에 이르면 시는 더 이상 읽고 쓰는 것이 아니다. '읽고 쓰는 시'라는 상황에 감춰진 그 주체를 시 안으로 끌어당김에 따라 주체와 대상의 위치는 전도된다. 시는 쓰이지 않고 시에 의해 삶이 쓰인다.

이 시편들이 김수영 문학상을 수상했다는 사실에 근거하여 김수영 시를 토대로 한 시적 혁명성에 대해서 다시 궁구해 볼 때, 이 시집이 정확히 그 핵심을 찌르고 있다고 말해도 좋겠다. 김수영의 시가 지닌 혁명성이란 부조리한 현실에 대한 당위적 외침 그 자체가 아니라 그로부터 약간 비낀 시선에 의해 피어오르는 불편감과 이질감에서 비롯된다. 실로, 오늘날에 이르러 폭력을 재현하는 방식과 관점은 매우 다양화되었으며, 경계를 넘나들며 진화하고 있다. 홀로코스트에 대한 관점의 전환을 이룬 「존 오브 인터레스트」라는 영화가 있다. 유대인 학살 지역에 근무하는 장교가 지극히 평범하고 안온한 가정을 지키려고 노력하는 이 영화의 주된 흐름에는 그 가족들의 희로애락만 있지 않다. 학대 당하고 불타 죽는 유대인과 그들의 비명 소리, 소각장의 소리와 냄새 같은 것들이 부유한 가정집의 풍경을 이루며 '보이지 않는' 채 존재한다. 유대인의 시각에서 멀어져 독일군 장교의 시선으로 홀로코스트를 본다는 것은 과연 겨냥해야 하는 현실과 멀어짐을 뜻하는

가? 그렇지 않다는 걸 우리는 이제 안다.

윤지양의 시 또한 이와 같은 문제의식에서 멀리 있지
않다. 이 시집에서 보여 주는 개입하는 무심함의 다양성이
란 이런 것이다. 어떻게 쓸 것인가에서 어떻게 쓰일 것인
가로의 전환, 어떻게 밀착할 것인가에서 어떻게 멀어질 것
인가로의 전환, 시적 발화의 당위성에서 시적 발화의 가
능성으로의 전환. 이 뒤틀리는 전환 속에서 우리는 결코
무심할 수 없는 자기 내면의 사회적 풍경을 목격하며, 그
럼으로써 처음부터 객관적일 수 없었던 우리 자신의 위치
를 상기시킨다. 멀리 떨어져 있다는 착각에서 그만 깨어나
라고, 윤지양의 시는 지금 말한다.

지은이 **윤지양**

1992년 대전에서 태어났다. 이화여자대학교 독어독문학과를
졸업했다. 2017년《한국일보》신춘문예에「전원 미풍 약풍 강풍」이
당선되며 작품 활동을 시작했다. 시집『스키드』가 있다.
『기대 없는 토요일』로 제43회 김수영 문학상을 수상했다.

기대 없는 토요일

1판 1쇄 찍음 2024년 12월 3일
1판 1쇄 펴냄 2024년 12월 13일

지은이 윤지양
발행인 박근섭, 박상준
펴낸곳 (주)민음사

출판등록 1966. 5.19. (제16-490호)
서울특별시 강남구 도산대로1길 62(신사동)
강남출판문화센터 5층 (06027)
대표전화 02-515-2000 / 팩시밀리 02-515-2007
www.minumsa.com

ISBN 978-89-374-0947-9 (04810)
     978-89-374-0802-1 (세트)

* 잘못 만들어진 책은 구입처에서 교환해 드립니다.

민음의 시

민음의 시
목록